낙엽의 짐

낙 엽 의 짐

신성희 시집

좋은땅

　인간은 누구나 생로병사의 과정을 겪게 되고 희로애락이란 감성을 겪으며 살아갑니다. 그랬기에 사람마다 행복감의 차이는 서로 다를 수 있지만, 저의 경우는 건강이 약하다 보니 행복보다는 고통이라는 시련을 겪으며 삶을 지탱해 왔습니다. 잦은 병치레로 사회 생활의 어려움을 겪으며 좌절하기도 하고 희미하게나마 희망을 가져 보기도 했습니다.

　그런데 어느 날부턴가 점차 용기가 나고 나도 무언가 할 수 있다는 생각이 들었습니다. 그럴 때 어느 여인을 알게 되었고 그녀를 사랑하게 되었습니다. 그래서 사랑의 기쁨을 더 느끼고 싶어 세계문학전집과 시집을 읽고 사랑 영화를 보며 그에 대한 사랑을 더욱 키워 갔습니다.

　그러나 사랑은 떠나 버리고 제게 남는 건 시뿐이었습니다. 나도 모르게 손이 연필을 잡고 그녀에 대한, 그리고 나만의 아픔에 대한, 사람들의 삶에 대한 시를 쓰기 시작했습니다.

　잘 쓰는지 잘 못 쓰는지 판단을 제대로 하지 못하며 오직 열심히 써 봤습니다. 제가 쓴 시를 다른 사람에게 보여 주기에 이르렀습니다. 고개를 갸웃거리는 사람도 있었지만 대부분이 잘 썼다고 하며 제게 용기를 주었습니다.

그 말에 용기를 얻어 느리지만 계속해서 시를 13년을 혼자서 써 오다가 시집을 내게 되었습니다. 시집의 평가를 채 받기도 전에 출판사와 문제점이 있어 3개월여 만에 계약을 해지하게 되었습니다. 아쉬움이 컸지만 다시 한번 용기를 내어 시집을 냅니다. 이번 시집에는 1집에 있던 내용과 새로이 추가된 내용이 들어가 있습니다. 지금 내는 시집은 15년 만에 내는 시집입니다. 누구의 도움도 받지 못하고 혼자서 쓴 시기에 잘 썼는지 잘 쓰지 못했는지 저는 잘 모르겠습니다.

하지만 이제 좋은 출판사를 만나게 되어 시집을 출간하게 됨을 기쁨으로 생각합니다. 부디 넓은 마음으로 시를 이해해 주셨으면 감사하겠습니다.

2021년 9월 10일
저자 신성희

목
차

하늘사다리

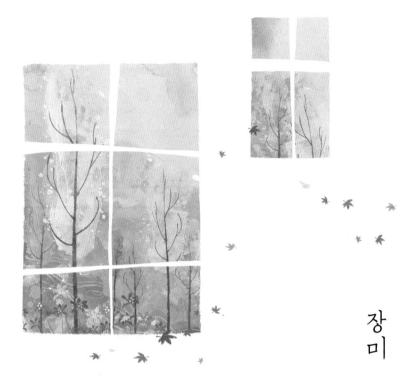

장
미

태양 그리고 달

태양의 눈부신 지혜와
한밤 달빛의 고고한 이성을
닮고자 했는데

태양의 불타는 욕망과
하루하루 변하는 달의 모습 닮으니
내겐 진실이 가린 허울의 껍데기뿐

까만 세상 순간 밝히다가는
반딧불보다 덧없는
내 인생을

신들의 대변인인
너희에 비했으니
내게 남는 건 너희와 나의 거리

바벨탑도 잇지 못한 이 거리를
정제되지 않은 이론의 틀로
너희 곁에 함께함을 꿈꿨으니

그래도 난 닮지 못한
너희의 진실 찾아
오늘도 이렇게 너희 곁을 꿈꾼다

독수리

날개 펼치면 그림자 산을 덮고
날갯짓 한 번에 잔잔한 호수 비상하고
독수리 울음소리에 놀란 짐승들
자기만의 공간에 몸 숨기니
짝 찾은 독수리에 만물이 반응한다.

두 마리 독수리 이상 찾아 날아가고
짝을 찾지 못한 독수리 한 마리
자기 그림자에 가려진 용맹 찾지 못해
낮게 날다가 그림자 밖 제짝 울음소리에
용맹이 되살아난다.

그림자 밖 독수리 기나긴 발톱이
내 삶의 고통 언저리를 가볍게 스치니
태양 향한 내 꿈이 다시 태어난다
독수리 그림자 내 맘 파고들어
뜨거운 온도 조절해 준다.

별들 중에

수많은 별들 중에
내가 좋아하는 별 하나 있지
하루에 딱 한 번
반짝이는 별은

오늘과 내일이 만나는
밤 열두시에 반짝인다네
난 항상 그 시간에
밤하늘을 올려다보곤 했지

구름도 그 시간에는
별빛을 가리지 않았다네
철이 들어 사랑하게 된 그 별은
많은 얘기 짧은 시간에 들려줬지

짧은 시간이기에
아름다운 것들이 더 많다고
매미의 울음소리 무지개
꽃 아가들의 웃음소리

오늘 밤에도 보았네
너의 반짝임
이 모든 걸 사람에게 알리고자
난 시를 쓰기 시작했네.

헌책방

헌책방에서 찾았네
새 책보다 더 새 책을
헌책방에서 찾았네
새 책의 반의 반 값의 책을

읽다보니 알았네 판 사람의 마음을
책을 읽는 게 아니라
책이 내 마음을 읽는다는 것을
헌책만이 가져다주는 행복

판 사람도 그랬나 보다
그 사람은 헌책을 판 게 아니라
마음을 팔았네
여러 사람이 느끼도록

나도 생각했네
이 책을 팔리라
이 책을 모든 사람과
공유하고 싶어서

불의와 정의

한밤 불 밝히니 어둠은 물러가고
그 자리에 빛이 들어섰다.
어둠은 어디로 갔을까?
다시 온다는 기약도 없이

내 가슴 어딘가 숨어 있겠지?
이 공간의 빛 영원하지 않겠지?
하지만 영원처럼 느껴지는 빛
나는 그 빛마저 가슴에 담으려 했다.

빛과 어둠
동시에 담는 건 모순이었나
어쩌면 가능한 것 아닐까?
불의와 정의가 공존하니까.

계절과 계절 사이

겨울옷 정리하다
이 옷을 옷장 속에 넣어야 할지
지금 입어야 할지 고민하다
그냥 더 입어 보기로 했다

계절과 계절 사이
또 하나의 계절이 있다는 걸 알았다
그 계절에 입어야겠다
오늘과 내일

춥지도 덥지도 않은 계절에
춥지도 덥지도 않은 옷을 입으니
내 인생도 춥지도 덥지도
않다는 걸 느꼈다

인생은 또 이렇게
작은 선물 내게 주고
겨울 가고 봄이 오는 사이에
외롭지 않을 계절을 남겨 주었네

장미

쓰레기통

내가 먹고 난 과자봉지를
쓰레기통이 먹는다
내가 먹고 난 빵부스러기를
쓰레기통이 먹는다

나만큼 쓰레기통도 배가 고픈가 보다
주는 대로 받아먹으니
이러단 아귀가 되겠다
내가 다이어트하니
쓰레기통도 좋단다

자기도 다이어트한다고

노을에 깃든 이별

당신이 언제쯤 왔는지
나는 기억하지 못해요
하지만 떠나는 날은 알고 말았죠

알지 말 것을 알았기에
슬픔은 이리도 미리 있고
행복한 날들이었기에 그대 없는
날들이 너무도 괴로울 겁니다

그대가 모든 이의 가슴 향해 왔다면
차라리 잊을지도 모르지만
첫사랑의 손길처럼 내게만 와 머물렀기에
떠나는 날엔 이토록 커다란 슬픔 내게 머무네요

12월의 마지막 노을과 함께 떠나는 그대이기에
그대 향한 사랑도 마지막 노을에
함께 실어 보내려 했는데 차마 싣지 못하고….

이제 또다시
이 시린 그리움의 눈물은 내 몫이 됩니다

장미   21

삶의 기로

인생은 사방이 어두운 곳을
홀로 걸어가는 것과 같습니다
그러다 한 줄기 빛을 보고 달려갑니다

그게 희망의 빛인지 절망의 빛인지도
모른 채 희망의 빛이라면 우린 당연히
힘을 얻어 밝은 빛을 따라 갈 것입니다

불행의 빛이라면
우린 절망에 빠지겠죠
하지만 우린 빛 하나에
절망과 희망이 교차되는 걸 원치 않습니다

한밤중 등잔불이라 생각합니다
바람 불어 꺼지면 절망과 희망이
모두 사라지는 그런 빛

우리 삶이 방향을 잡는 게 중요합니다
그건 아득한 일처럼 다가오지만
그걸 잡느냐 못 잡느냐는 우리 생을 바꿔 놓습니다

작은방 선반

내 작은방 선반에는
소설책 시집 만화책도 있고
내가 쓴 시와 소설 원고도 있다.

내 작은방 선반에는
모기도 있고 거미도 있고
파리도 있고 거미줄도 있다.

내 작은방 선반에는
논어와 맹자도 있고
소크라테스 변명도 있다.

내 작은방 선반에는
죽음과 기쁨도 있고
고통과 미움, 사랑도 있다.

내 작은방 선반은
그래서
한쪽으로 기울지 않는다.

그림자

그림자에겐 자유가 없습니다.
그저 자신에게 주어진 일만 합니다
빌딩에 오르고 거리를 걷고
밤중엔 조금 쉴 틈이 있습니다.

그 틈에는 그림자는 무얼 할까요?
내일을 꿈꿀까요?
자아를 찾기 위해 노력할까요?
아니면 자기를 지배하는 사람을 쫓을까요?

그림자는 홀로서기를 못 합니다
어쩌면 홀로서기는
자신을 버리는 게 아닐까요?
아니 잃어버린 것이 아닐까요?

다시 태양이 뜨고 그림자는
다시는 돌아올 수 없는 길을
떠나는지도 모릅니다.

그림자의 운명은 빛에 달려 있고
자기를 만드는 형상에 달려 있습니다
하루에 한 번 그림자는 아무도 모르는 생각을 합니다
그렇기에 살아가는지도 모르겠습니다.

시인

연필을 잡으면 경력이 쌓이면
우린 모두 시인이 될 거라 생각합니다

그래서 저도 연필을 들었습니다
많은 시간이 지나고 또 지나도

시인다운 시인이란 소리를 듣지 못했습니다
오늘 밤도 시를 씁니다

단 한 편의 시를 쓰기 위해
많은 날을 지새웠습니다

이제 다른 이가 시인이라 부르는 소리가
듣고 싶습니다

이래서 서는 시인이 되지 못하는
것입니다

진짜 시인은 자기가 시인인 줄도
모르는 것입니다.

밤길

혼자서 걸어 보라
외롭다
둘이서 걸어 보라
외롭지 않다
셋이서 걸어 보라
그건 정말 외롭다

장미

내 안에 사랑은 잠들고
그 곁에 외로움 깨어 노래하니
내 가슴에 봄 사라지고 세 계절이 있을 뿐

아름다운 봄꽃 그 향기의 기억들이
메마른 먼지에 쌓여 잊혀 갈 때에
오월의 장미를
이월의 내 가슴에 꽃피게 한 사람

죽음보다 설은 잠자는 내 사랑
푸른 가시 세워 깨워 준 사람
이제 가슴에 봄만이 들어차
장미넝쿨 우거지고

장미꽃은 가슴가득 만발하여
그 어느 행복한 날
장미 그 푸른 가시에 심장이 찔려

장미꽃 같은 붉은 피 멈추지 않고
'라이너 마리아 릴케'처럼 죽어도
나 서러울 것 하나 없을…… 그대 내 장미여!

내일에는

삶이 무어냐고 그가 물었다
난 대답하지 않았다
그가 다시 인생이 무어냐고 물었고
난 대답하지 않았다.

그는 고개를 끄덕였다
삶과 인생 모두에게는 정답이 없다고
오는 희망이 없다고
내일까지 걱정할 건 없다.

내일에는 내일의 삶을 살면 된다고
난 믿는다 그의 말을,
오늘 나는 무의미한 삶을 살고 있지만
내가 잠든 후 내 삶이 바뀔 수 있다고.

무덤 앞에서

살아 있는 자여 깨어나라
죽은 자 앞에서 의로운 척하지 마라
무덤 앞에서는 누구나 똑같다.

농사꾼 상인 군인 정치인 법조인
무덤 앞에서 진정 자유로울 수 있는가?
자유롭지 못하다면

그건 당신의 또 다른 모습이다
어제와 오늘이 달랐고
오늘과 내일이 다를 것이다.

무덤 앞에서 당신 인생의
흐름을 바꿔 보라
작지만 튼실하게 튼튼하게

무덤은 먼저 삶을 살다간 지혜로운
자의 모습이다
잠자는 자여 깨어나라 무덤이 소리친다

난 가을이 좋아요

난 가을이 좋아요.
내 가슴과 가을의 가슴이 만나면
국화꽃 위에서 벌이 날고
달빛 아래로 풀벌레 울고
외로운 강물 위로 철새들 내려앉지요

난 가을이 좋아요.
내 가슴과 가을의 가슴이 만나면
쓸쓸한 무덤가엔 꽃이 피고
여인들이 데이트하는 공원엔 낙엽이 뒹굴고
서산으로 구름이 흘러가지요.

난 가을이 좋아요
내 가슴과 가을의 가슴이 만나면
감이 빨갛게 익고
다람쥐 밤나무위에서 공중곡예하고
도랑 밑에서 미꾸리 흙탕물을 일으키지요.

난 가을이 좋아요
내 가슴과 가을의 가슴이 만나면

어릴 적 친구들과 은행나무 밑에서
노오란 은행잎 줍다가 서울로 이사 가는
친구를 배웅하던 생각이 납니다.

⋯⋯난 가을이 좋아요.

겨울나무와 새

한 그루의 나무가 겨울 벌판에 서 있다
새 한 마리 날아와
얘기 나누려 날갯짓하는데
나무는 가라고 가지 흔든다
많은 것들이 떠나갔던 나무이기에
헤어짐을 제 손으로 해 보는 건지도 모르겠다.

나무에 햇살이 머물다 가면
따스한 온기가 머물 듯이
겨울밤에 언 가지들은
새들의 따스한 울음소리가 녹여주는데
새에게 가라 한다.

저기 산비둘기 울어대는데

깊은 밤에 고요도 잠들었는데…….

시란

시란 무엇인가! 감정을 흐트리는 것인가?
침묵을 깨뜨리는 것인가!
아니면, 칠흑 같은 어둠에서 한 줄기 빛을 찾는 것인가!
나는 빛에서 어둠을 찾는 시를 써 보고 싶다.
칠흑 같은 빛에서 한 줄기 어둠을 찾고 싶다.
이제는 내게 어둠이 있고 이곳에서 안주해야 하는가!
내 인생에 벗과 같은 칠흑 안고 살아야 하는가?
언제나 어둠은 있었고, 빛은 어둠에 쌓여 있었다
은은한 달빛이 서늘한 대지를 감싸고
동쪽에서 어둠과 빛 서로 맞서면 '말하여라'
내 그 광경 묘사하여 빛과 어둠의 세계 밝히리라
어둠이 열이고 빛이 하나일지라도.

친구에게

낙엽이 어디론가 흐르듯 뒹굴어 사라지는
가을의 끝자락에서
보고픈 친구에게 글을 남긴다.

현주야! 친구란 말처럼 쉽게 얻으려 해서 얻고
또 잃어지는 게 아니다.

오늘이 아닌 지난날에도 조금의 미움이 섞였지만
근 20여 년 내 버팀목이 되어 줬던 너

강산이 변하고 세상이 변해도 항상 내 곁에 네가
네 곁에 내가 있어 주리라 믿었건만

어느 덧 벽이 생겨 버린 너와 나, 그 벽을 깨지 못하고
네가 멀어지리라 생각하진 않는다.

한 송이 두 송이 내리는 첫눈처럼
하나둘 피어나는 꽃송이처럼

너와 나의 우정에도
고목보다 진한 감동 멈추는 날 없으리

장미

백의의 천사

눈꽃보다 하이얗게
백합보다 순결하게
때로는 해바라기처럼 환하게
때로는 쑥처럼 다양한 구상을
한 가지 꽃에서 여러 가지 꽃색을
찾아내는 농부의 마음처럼
한 가지 아픔에서 다양한 간호를
찾아내는 그녀들 '백의의 천사'
백의만큼이나 깨끗한 미소와
천사만큼이나 아름다운 간호
살짝이 날리는 천사의 날개에
육체의 상처보다는 마음의 상처가
먼저 아물어 다시는 병이 나지 않을 것 같다.
백의의 따뜻함은 병자의 추위를 녹이고
천사의 진리는 불의의 아픔을 녹여주니
우리는 언제나 간호사님들의 간호를
천사들의 간호를 받고자 하지요.
아프지 않을 땐 몰랐어요.
세상에 천사가 있다는 걸
그래서 감사할 때가 있어요. 나의 아픔을

내가 살아 있는 이유를
그대 내게 새로운 삶을 준 사람들
백의의 천사들이여!

친구

우리가 친구라 말할 사람
세상에 몇이나 될까?
친구라 말하지 않아도
세상 사람 다 아는

저기 오는 사람 스쳐 가는 사람이 아는
맹세하지 않아도 우정은 우러나고
약속하지 않아도 믿을 수 있는
시간만큼 확실하고 계절만큼 멋진 사이

내겐 몇이나 될까?
다섯 손가락 넘을까 말까?
그래서 나는 행복하다
내 곁에는 친구가 있으니.

두려운 기억

코스모스보다 엷은 종이 위에 생각을 타자 친다 '기억'이라는 두 글자를 골라 고운 선율 위에 옮기면 연기보다 자욱한 기억의 파편 그 파편 뒤로 파생된 생각들은 빌딩보다 우람한 또 하나의 두려움을 만든다. 기차가 달리는 황야에서 헐떡이는 바람을 버리기에는 버거운 오늘이 혼란으로 빠지면 오늘을 기억하지 않으려는 이들의 절규 뿔뿔이 흩어지는 과거들 수없이 되뇌는 현실 앞에 모든 것이 떠나가도 두려움은 내게 남는다.

두려움 기억은 가끔 내 생각을 바꾸곤 했다.

달
그
림
자

밟
고

반딧불이

반딧불이는 캄캄한 밤불을 숨기다가
구름 뒤에 숨은 별의 소근대는 소리에
다정히 작은 불을 깜빡인다.

구름 걷히고 달이 호수 위로 모습을 나타내니
엄마 품이라 생각한 반딧불이는 날개를 곧게 펴서
호수 속으로 곧장 날아간다.

물위에 떠 있는 반딧불이는 순수한 죽음

은빛 달은 슬퍼하며 자신을 숨기려
지나가는 바람으로 자신을 휘감아
구름 뒤로 묻어 숨기니

죽음 같은 고요
반닛불이는 죽음 같은 고요를 사랑했었다.

시간을 불태우는 아주 작은 달

서늘한 바람이 불어오면

그 바람은 하루의 짧음을 속삭인다
꽃대위에서 잠들고
가을 벌판이 잿빛으로 철이 들면
우리들의 유년시절은 수없이 회자된다
살찐 메뚜기의 날갯짓이 허망한 건
논도랑이 갈라지는 까닭이고

감잎 같은 가을 날 으름넝쿨 사이로
옹달샘을 보는 다람쥐 눈망울 같은 하늘
그 하늘을 보며
구릿빛 바람 속으로 살짝이 너를 밀어 낸다.

불러도 되돌아오지 않는 그리움은
상처 위에 덧 난 인생이고
땡자나무 가시보다 촘촘한 쓰라림은
바스락거리는 가을의 서늘한 아픔이다.

하늘

임 항상 그리움은 아닙니다
가슴 저민 사랑보다
숨기고픈 사랑이 더 많기 때문에

하지만 난 항상 임을 기다립니다
상처 없는 삶보다는 말 못할 사연을 만들려 합니다
그게 더 행복한 삶이라 믿기에

언젠가 구름 같은 사랑이 있었습니다
그 사랑은 소나기만 남긴 채
가을 하늘처럼 사라져 갔습니다

당신은 하늘입니다
잠들면 볼 수 없는 하늘은 싫습니다
잠들어도 볼 수 있는 당신은
내 마음속의 하늘입니다

우리가 인생을 벗고 떠날 때

자신이 만든 길에 홀로 걸어감으로
옆을 보지 않고 앞만 보고 가는 것이다
고난이 말없이 여러 사람 손 잡고.
행복은 가뭄처럼 메말랐을 때
어디서 무엇 하며 살았을까.
인생이란?
네 인생에 내 인생 담는 것이고
내 인생에 네 인생 담는 것이다
태어날 땐 미지에서 왔으니
미지로 떠날 준비 하자꾸나.
명예를 가지고 떠나려 애쓰지 마라
남이 준 말 한마디 가지고 떠나면 되는 것이다

마음의 비늘

낙엽은 마음의 비늘입니다
잎이 떨어지면 마음이 아픈 건
그 탓입니다.

낙엽이 없다면 아픈 마음
무엇에 표현할까요
잎이 떨어지면 비늘이 빠지는
아픔이 생겨나지요.

비늘이 하나씩 빠지면
무수한 잎이 떨어집니다
낙엽은 마음의 비늘입니다.

당당함은 오래도록

당당한 자가 아닌
비굴한 자에게 자리 내어 주면
더할 수 없이 비굴하겠지만
한때 옳다고 믿었던 건
과거에 얽매였던 탓이겠지
누군가 떠나간 자리
선뜻 앉으려 하지 않지만
유혹에 못 이겨 무너지곤 했지!
너는 나에게 나는 너에게
당당함 볼 수 있지만
당당함이 비굴함 이길 수 없다고
세상 향해 소리쳤던 건
가슴에 숨 쉬는 비양심 때문이었다

자화상

빗방울이 모래 위에 떨어지는 걸 영원처럼 내려다보는 건 또 하나의 시간이 존재하리란 믿음 때문일까? 그 기억이 영원할거라는 고집 때문일까? 단조로운 것으론 만족할 수 없는 오늘 모두에게 알릴 순 없지만 죽은 자와 살아 있는 자는 질서 없는 세월 때문에 알게 된 건 아니었는지 춤추는 구름 지나 하늘에 써 보는 이야기 기억되는 모든 것 스케치하듯 꼼꼼히 적어 내려가면 잊은 듯 잊히지 않는 욕심과 진흙 길 걷는 자화상이 있다 웃음이라고 말하기엔 차가운 날 몸에 박히면 거짓도 믿음이라 부르겠소 인생의 변방에서 둥근 것 원할 때 너를 나라고 부르겠소

가을엔 낙엽이 되리

가을을 위해 기꺼이 나는
낙엽이 되리
어떤 바람에도 끄떡없다가
갈바람에 떨어지는 한 잎의 낙엽이

그래서, 시드는 꽃잎 위로 애잔함 피어나면
한 줄의 시를 벌레 먹은 가슴으로 쓰고
허물어진 돌 담 아래서 외귀뚜리 짝을 찾는 울음에
천 개의 그리움 얹어 보내는
그런 낙엽이 되리

외진 숲속 하늘가에서 밀려오는 어둠을
서러운 날갯짓으로 밀쳐내려는
한 마리 가엾은 산비둘기를
별들이 빛나는 가을의 둥지 안으로 초대하는
그런 낙엽이 되리

지금 바람이 없다고
낙엽이 잠들었다 말들 마오
그대 잠든 어느 날
낙엽은 가을의 끄트머리에 가 있을 거요

대답하는 사람

어떤 사람이 내게 말했다
말이 없는 사람이 되라고
어떤 사람이 내게 말했다
말을 잃어버리지 말라고
난 지금 어떤 사람인가!
사람들 말에 난 말이 없다.

난 나의 질문에만 답한다
나 자신에게 말했다
모든 말에 답이 있다고
너는 그 말에 꼭 답해야 한다고
그게 상식을 벗어난다 해도

바람과의 여행

강에 닿으면 산이 생각나고
산에 오르면 강이 생각나는 사람
꽃 핀 거리에선 꽃 진거리가 생각나고
익은 열매 아래선 빈 가지를 생각하는 사람

그런 사람은 먼 여행을 떠나보세요
변덕이나 공상 떨쳐 버리고
들풀 같은 사랑 되돌아볼 수 있는
그런 여행 떠나보세요

밤하늘 별들은 혼자서 뜨는 법 없고
여행을 사랑하는 사람은
자신만을 사랑하진 않지요.

여행지를 정하지 못하였거든
바람의 뒤를 따라가라
바람은 가 보지 못한 곳 없으니
가장 멋스런 여행길 인도하리라.

캄캄한 밤에

불 꺼진 캄캄한 천장 보면
하늘이 태어난다
마음에서 태어난 하늘은
밤하늘 풍경 따라
달이 뜨고 별이 빛나고 은하수 흘러
쓸쓸한 천정에 우주 꾸린다
천장에 별 하나 태어날 때
천장은 우주보다 넓어지고
새벽이 오면
천장의 별이 방바닥에 떨어지고
달이 떨어지고
그제야 잠든 난
꿈속의 달을 따라
별 사이로 유영한다

죽음

공간은 어지럽고 거리가 잠들었을 때 적막감으로 다가오는 불멸의 그림자 그림자가 드리우는 한 평의 대지, 무덤 누구나 싫어하지만 들어가야 할 공간 찰나의 시간에 이곳에 왔지만 바위보다 오래 머물러야 할 곳 한 평이 좁다고 말하는 넌 한 평이 넘는 지난날을 가졌었는지 어둠이라 말하기엔 잿빛에 가까운 곳 어둠이 오면 오히려 옅어지는 땅 잘한 일도 없고 못한 일도 없으니 인생의 마지막을 두려워할 필요는 없지만 그대가 꿈꿔 온 건 죽음은 아니겠지! 얘기할 수 있는 것은 죽음은 생보다 길지만 죽음은 생에서 왔다는 것이다.

바위

황량한 사막에서
일만 년을 기다리고
이만 년을 기다리고
너를 기다린 지 삼만 년
내 등에 엉덩이 대고 앉아
너는 왜 울고 있니?
눈물 한 방울에
내 생명 일만 년씩 줄어드는 걸
넌 모르는 거니?
나의 외로움 이제 알았니?
너의 눈물로 우리 같이 사라지니
그 자리에 선인장 하나 피었구나

달그림자 밟고

달그림자 밟고 그대 오소서
외로움 슬픔 그리움 가지고
내게 오소서

나는 그것을 한 번은
겪은 것이오니
내게 주소서

한 번도 겪지 못한 당신은
그 모든 것이 힘들 것이오니
눈물 함께 내게 주소서

그것이 내가 너를 위한
유일한 일이오니
다 털어 내게 주소서

당신을 위하여 또 한 번
가슴이 메이어와도
나 서슴지 않고 받아 줄 테니
힘들고 아픈 것 내게 주소서

그것도 당신에 대한 내 기쁨이니

달그림자 밟고 내게 오소서
어둠 속에서 내 그것을 모두 받아 줄 테니
여명이 오기 전에 내게 오소서

은하수

은하수 물결 파도치면
부서지는 별빛 고와라
은하수 물결 잔잔하면
깜빡이는 별빛 고와라

은하수 물결 속엔 큰 고래가 산다
은하수 별 하나 먹고
은하수 별 두 개 토해 내고
두 개 먹고 세 개 토해 내고

그래서, 은하수 끊임없이 반짝인다
오늘따라 고래가 늦잠을 자는지
은하수 반만 반짝거린다

가을 1

가을을 붙잡으니
단풍잎 하루 늦게 떨어진다
늦게 떨어진 만큼
바람에 한 번 더 뒹군다

나뒹군 단풍잎은
그대로 가을과 동화된다
가을도 나를 붙잡는다
지지 않는 꽃을 보면 그렇다

가지에서 떨어진 낙엽
땅 위에 떨어지지 않으려고
바람타고 날아간다
낙엽처럼 멀어지는 가을
살포시 눈동자에 담는다

봄이 오는 길목에서

겨울이 가고 봄이 오는 것 지켜본다
겨울이 가을 훔쳤지만 봄은 훔치지 못하였구나!
봄은 어디서부터 오는가?
가난한 사람에게 먼저 온다
양철지붕 위에 내려앉은 가난도 봄에는 따뜻하다
싸구려 여인숙에 달방을 얻어도 봄에는 가난하지 않고
세 끼 먹을 나물이 있어
다른 이에게 기대지 않아 좋다
잔디가 갈색인 까닭은 겨울을 위로하기 위함이고
가난이 봄으로 이어지지 않는 까닭은
봄에는 봄만의 향기가 있음이고
따뜻한 양지보다 서늘한 음지에
봄이 더 머물고 싶어 하는 이유는
음지는 가난을 두려워하지 않기 때문이다.

질투

보고픈 그대 곁에 있어도
멍하니 하늘만 쳐다보다가
별들이 그대 살짝 훔쳐보면
괜스레 별들이 미워집니다

얘기하고픈 그대 곁에 있어도
속절없이 먼 산 보고 얘기하다가
바람이 그대에게 속삭이면
괜스레 바람이 미워집니다

안고픈 그대 곁에 있어도
수줍어 허공만 안아보다가
꽃그림자 살포시 그대 안으면
괜스레 꽃들이 미워집니다

이렇게 시기하는 내 마음
밉다 말아요
사랑엔 질투가 반이니까요

내 마음의 희망 꽃

희망은 부푼 꿈에 피는 찔레꽃
거머쥐면 가시에 찔리고 살며시 잡으면 빠져나가는
쉬운 듯 쉬워 보이지 않고 어렵지 않은 듯 어렵고
그래서 우리의 희망 쉽게 꺾지 못하는가 보다
남에게 쉽게 꺾일 꽃이라면 그건 희망이 아니겠지
고향에 피는 찔레꽃은 뒷산에 피는 찔레꽃
찔레꽃 욕심내어 꺾으려 하니
곤줄박이 호통치며 그냥 두라 하네
그 꽃은 모두의 꿈이라며!

웃음

웃음이 꽃 위에 내려앉는다
웃음은 깔깔대며 꽃 주위 맴돈다
꽃들도 경계 풀고 활짝 웃는다
웃음은 나비 등에 앉아 지휘한다
빨간꽃 노란꽃 박자에 맞추어
봄바람 향기 마음껏 뽐낸다
화사한 봄날이었다

숫자들

졸음에 겨운 기억들을 깨워
오늘로 데려다 펼치면 하나의 숫자
숫자가 이어 주는 일련의 계획
도시의 빌딩에 새기는 계산된 속셈
모든 이들은 숫자를 현실에 가두려 하지만
가둘 수 없는 기억과도 같이
자유로이 허공에 있구나.
지하실에 갇힌 어둠이 더 서러운 것은
아무리 숫자를 헤아려도
태양이 떠오르지 않기 때문이다
콘크리트 벽의 온도가 내 가슴의 온도라는
어떤 이의 서늘한 말이
여름날 온도를 2도는 떨어뜨리고
빛에 익숙해질수록 어둠은 빨리 오고
결코, 태어날 수 없는 내일이라며
희망을 버리려 해도 숫자를 헤아리면 찾아온다
나열된 기억 속에 우리들에 숫자가 있으니
내일을 잊고서 오늘을 생각하지 말고
숫자를 멀리하고서 하루를 계획하지 마라

산다는 것

생각대로 살려고 하지 마세요
당신을 파멸로 이끌지 모릅니다
생각대로 산다는 건
편안한 삶일지도 모릅니다.

사람이 편안하다는 건
옳은 것보다 그릇된 게 많지요
세상은 마음으로 사는 겁니다
마음이 닿는 일은 그릇되지 않습니다.

그저 행복으로 이끌 뿐이지요
우리 삶이라는 게 다 그렇지요
마음 가는 대로 사세요
그러면, 용기도 따라옵니다
그렇게 마음 가는 대로 사세요.

삶에 대한 애착

낙엽은 바람에 날리고
두려움은 작은 가슴 두드린다
가을이 다시 오지 않을 것 같은 두려움으로
얼마나 많은 날을 가슴에 안고 헤맸는지
붉게 타는 단풍잎 샛노란 은행잎
낙엽이 되면 하나인 것을
모두가 죽으면 한 가지 색인 것을
하지만
똑같은 낙엽 내 손으로 만지면 겨울이고
여동생 손으로 만지면 봄인 것은 누구도 모르는
삶에 대한 애착 때문이던가

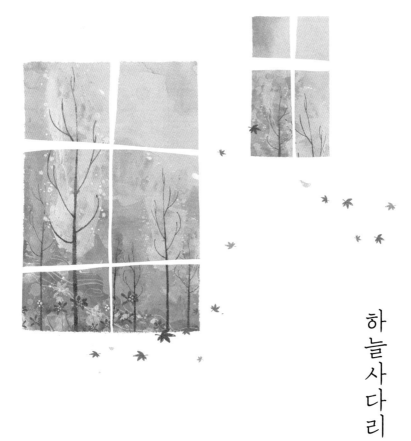

하
늘
사
다
리

낙엽의 짐

봄을 그린 여름도 가을의 문 앞에서는
가을이 되어 간다

고은 하늘 맑은 빛은 가을의 심장을 녹여
단풍을 물들이고 물이 든 오색의 단풍들은
저마다의 자리에서 가을을 가꾼다

짓궂은 바람 불어 조금 일찍 제자리를
떠나가는 단풍잎 하나
강물 위에 떨어져 소리 없이 떠가지만

단풍잎은 낙엽이 되어
나룻배보다 많은 가을의 짐 싣고서 간다

낙엽이 짊어진 가을의 짐이 만약에
새털처럼 가벼워진다면, 우린 더 이상
가을을 사색의 계절이라 부르지 않을 것이다

하늘사다리

노란꽃 빨간꽃 가득한 언덕에
봄나비 날아서 모여드는 곳
그곳엔 그리움이 있습니다

높고도 푸른 저기 저 산이
이제 더 이상 높지 않은 건
그대 보고픔에 훌쩍 커 버린
슬픔의 높이 때문입니다

가을이 휩쓸고 간 텅 빈 들녘이
이제 더 이상 쓸쓸하지 않은 것은
나를 떠나던 그대의 뒷모습이
너무도 쓸쓸했던 까닭입니다

눈나리는 날이면 눈사람 되곤 하는 건
그대 계신 북쪽 하늘 바라보다
시간을 잊곤 하는 까닭입니다

무의미한 하루하루도
그 하루하루만큼의 사랑은 자라고

가깝고도 멀고 멀고도 가까운 내 가슴 속
신처럼 타락한 이성이 가 닿을 수 없는 곳
그곳에 계신 임이여!

그대가 남긴 사랑의 흔적 때문에
그대 곁에 다다를 수 없다 해도
그대께로 가는 하늘사다리 만듭니다

달의 하늘에 지구가 떠오르면

밤하늘에 달이 떠오르면
지구에는 인간의 수보다 많은 달이 뜬다
불 꺼진 빌딩 유리창에
이슬 맺힌 조각난 거울에도
폭풍우 치는 바다
은은히 흐르는 강물
수묵화가 그려진 연못등
은하수보다 많은 달이
밤하늘의 달과 함께 지구를 감동시킨다
그럼 달의 하늘에 지구가 떠오르면
달도 지구에서와 같이 많은 지구가 뜰까?
아니 뜨지 않을 것이다
달의 하늘에 떠오른 지구
그 하나만으로도 달은 충분히 감동할 테니까!

이태백

은하수 별들 사이로
유유히 노 젓는 노란 배
초승달 주인은 이태백
술 한잔 마시고 노 한 번 젓고
술 두잔 마시고 노 두 번 젓고
언제쯤 은하수 건널까마는
술독에 술이 지기 전에 건너겠지

봄바람

하늘의 틈새로
땅의 불균형으로
시작된 삼월의 바람이지만
정다운 바람으로서

나를 꽃으로
꽃을 나로 만들고
오늘을 계획하다가
사월로 넘어가려는 바람

삼월이 붙잡으니
바람은 소멸할지언정
쉬어가지는 않아
삼월의 끄트머리에서
소리 없이 소멸한다

사월이면
봄바람 시작될 것이니
그때는 말하리라
내가 봄바람이었다고

거리의 사람들

외면되는 날일수록 어둠에 쉽게 물들고
가까운 거리일수록 돌아가는 길이 많다
지평선 노을같이 평온한 날 계속되어도
계절 앞에 갈 곳 잃은 사람들
거리엔 물감 뿌려지고
귀뚜라미 울음 낙엽 속에서 뒹굴 때
위태로운 말로 버려지는 사람들
다시 돌아오지 못할 이 순간
사람들은 불빛에 가린 기억처럼
가을비 젖은 걸음으로 다가가도
화선지 위 그려진 도시 풍경같이
쉽게 받아들여 주지 못한다
가을비 간데없고
발 빠른 사람들 겨울 가로질러
봄을 이야기할 때
기리의 사람들 겨울의 오늘 이야기한다

섬

어디를 둘러보아도
아무것도 보이지 않는 섬
나 혼자 사는 섬

하루에 배 한 척
들어오지 않는 파도만이
내 안부를 묻는 섬

어쩌다 흘러들어
왔지만
떠나고 싶지 않는 섬

그리움만이
잠시 쉬었다
가는 섬

천상의 꽃

이불에 수놓아진 꽃을 본다
사뭇 무슨 꽃인지 알아보기 힘들다
매화 복사꽃 벚꽃 모두 닮은 듯하나
닮지 않았다
이 꽃은 이불을 수놓은 사람 마음에서
나온 꽃이다
그 사람 말고는 이 꽃을 알아보는
사람이 없을 것 같다
이 꽃은 아마 천상의 꽃인가 보다

계절

가을이 온다기에 여름꽃 지는 줄 몰랐습니다
가을꽃 피기에 여름꽃 지는 줄 몰랐고
세월이 오고가는 줄 몰랐습니다
가을날 조용히 여름을 생각했습니다
명아주 피고 달맞이꽃 피던 여름
꽃이 지고 푸른 숲 낙엽 되는 줄
생각지도 못했습니다.
그저 푸른 숲과 여름꽃을 즐겼습니다
가을 오고 여름을 기억하지 못했습니다
그저 가을꽃에 단풍 물드는 게 좋았고
낙엽 지는 게 설렜습니다
가을이 가려 합니다
그럼 겨울이 좋을까요
눈꽃 피는 겨울
그 겨울이 좋을 겁니다
다른 계절처럼 봄 또한 좋겠지요

낙엽

좁았던 하늘이
넓어졌다
열린 가슴이
아프다
이것이 다
낙엽이 졌기 때문이다.

삶

움직이지 않는 하루였다
가슴은 두근두근 뛰고
꽃잎은 소나기처럼 떨어졌다
하얀 공간에서
삶보다 죽음을 향해 뛰다니
그렇게 아름다운 날에
죽음을 꿈꾸었다니
봄같이 슬픈 사람들을 위해
꽃들은 지듯이
구름 한 점 없는 하늘 맑지 않은 것은
삶을 감싸지 못한 좌절감 때문이었다
바람만 불어도 죽음을 생각했지만
난 여전히 살아간다

참새

참새 두 마리가 사랑하였네
한 마리 떠나가고
한 마리는 기다리는데
떠난 참새 돌아오지 않자
기다리던 참새 병이 들었네

마침내
기다리던 참새 돌아왔지만
두 마리 참새 병이 들었네
하지만
두 마리 참새 행복하였네

몸짓의 의미

너의 몸짓은 특정인을 위한 것 아니었고
현란한 미사여구처럼 과장된 것 아니었다
모두가 그렇게 생각하지만 단정 짓지는 못했다

너의 몸동작이 가끔 비난받았지만
그렇다고 다른 몸짓 하지 않았다
세월의 흐름에 함께 가던 나의 몸짓

거울 같은 날보다 유리 같은 날 원했다
거리의 네온사인 안녕 고하는 시간
낡은 안개 틈새로 빛은 숨 쉰다

판화 같은 지난 날 오늘을 보면
예고된 지난 날 몸동작이
예고되지 않은 오늘을 앞서는구나!

늦가을에

꽃이 지고 꽃대 남은 들판에
나비 한 마리 꽃을 찾아난다
온종일 찾아 날았나?
바람에 날리는 종이처럼 난다
어디 시들은 꽃잎이라도 없나?
나비는 땅 위에 앉는다
대지 향기 맡으려나 보다
나비는 더 이상 날아오르지 않았다
잠이 들었는지
저버린 꽃을 찾아갔는지

나는 누구인가

그대가 바라보는 나인가?
내가 바라보는 나인가?
사회적 시선이 바라보는 나인가?
그대가 바라보는 내가 되고 싶다
바람이 불면 부는 대로
그대가 원하면 원하는 대로
가시 같은 날카로움 없이
숨 쉬는 작은 내가 되고 싶다
때 이른 날도 기꺼이 받아들이고
때 늦은 후회도 기꺼이 받아들이는
지나간 날은 연에 띄워 날리고
새날을 황금같이 기다리는
조금 미련해 보이는 내가 되고 싶다

개의 공포

개가 울음 삼키는 건
알려져선 안 되는 것이 있기 때문이다
세상 향해 처음 짖으려 할 때
세상이 개를 향해 짖어댔다
울음소리는
허공에 메아리쳐 되돌아왔다
이리처럼 개는 한 곳에 있지만
어둠 속 무엇이 오고 가는지 알고 있다
밤의 공포 간과될 수 있지만
낮의 공포 무시될 수 없는 건
사람들 앞에
자신의 모든 걸 드러내야 하기 때문이다
바닥이 보이지 않은 맥주병처럼 개가 울고 있다

내 마음 머무는 곳

깊어 가는 가을 날 떨어지는 낙엽 보며
슬피 우는 귀뚜라미의
아픈 마음을 적은
어느 소녀의 일기장 속에

별을 찾아 떠난 밤배가
별의 그림자를 찾아낸 곳
하늘에 떠다니는 꽃향기를 찾아날던
나비의 가쁜 숨소리가 들리는 곳

시리던 추억에 그리움을 밝혀
애틋함이 서리는 곳
수선화 같은 그녀와
천사들의 사랑을 흉내 내던 곳

내 마음 머무는 그곳에
하늘 빛 닮은 내 영혼이
낡은 사진 속 빛바랜 단풍잎처럼
나도 몰래 소중히 익어 가네

그림자 모습

잠들지 않는 그림자
허무한 오늘 비추어 본다
무심히 서 있던 건물
넓어진 만큼 그늘도 커지니
한 세월이 가기 전 품었던 나래
그림자처럼 활짝 펴 보자
절벽이 깎인 그만큼의 시간
그늘로 채우고
짓궂은 날들 정적만큼이나
아픈 시간의 잣대 가지고
어두운 곳 재면
소나기보다 깊게 파인 그림자 단면
꼭 안아 보려는 곳엔
안기려 하지 않는 물체
그 물체 뒤로 파도치는 그림자

저 높은 곳으로

더 낮은 곳으로 가리라
그대 있기에
그곳에서 서로 믿으며 살았네
누구의 방해도 없이

그렇게 행복하게 살다가
그때 보았네 높은 곳을
그대와 걸었네
별 뜬 밤길

별빛에게 다가갔네
한 걸음 두 걸음
그만큼 별빛에
가까워졌네

밤이면 걸었네 우리함께
별이 빛나는 곳으로
오늘도 다가갔네
별빛에게로

하지만 알았네
더 높은 곳이 있다는 것을
걸어서는 갈 수 없고
사랑으로 갈 수 있는 곳

너와 나 사랑하고
우리같이 사랑하면
힘들이지 않고 갈 수 있는
저 높은 곳 저 높은 곳으로

메아리

내 마음을 가장 잘 알아주는 게
메아리다
내 마음 소리치면
그대로 받아들여 내게로 되돌려 주고

내 생각을 소리쳐도
거짓 없이 되돌려 주는
메아리는 산의 정령이자
진실만을 말하는 요정

내 생각과 마음을 알아보려면
높은 산 정상에 올라
소리쳐 보면 알 수 있다
메아리가 그대로 알려준다

거짓과 진실

거짓은 진실보다 예쁘게 포장된다
다른 사람의 환심 사기 위해서다
거짓은 진실 이기지 못한다

거짓은 너무 현란하기 때문이다
현란함은 진실과 거리가 멀다
진실은 단순하다

거짓은 부정을 말한다
부정은 모든 걸 인정하지 않으려 한다
다만 자기 눈에 맞추려 한다

어느 땐 거짓이 진실 이기려 할 때가 있다
그때 우리는 진실 보는 눈을 가져야 한다
그 눈엔 슬픔 가득하더라도 진실을 보아야 한다

너

코스모스 하늘거린다고
해맑게 웃다가
낙엽이 진다고 눈물 글썽이던 너

넌 알고 있니?
난 나보다 너 때문에
더 많이 운다는 사실을

언제나 같은 자리에서 널 지켜보는 난
피우지 못한 빗속의 꽃잎처럼
슬픈 사랑만을 감추어 안고

넌 알고 있니? 사랑을 위한 사랑은
니가 내게로 오는 숨결에 모두 사라지고
사뿐히 다가온 너의 고운 사랑 잡으려

벌거벗은 몸으로 달빛을 훔치는 요정처럼
티 없이 가난한 마음으로
너의 사랑 훔치는 도둑이 되었던 적을……

하루의 시작

비단보다 부드러운 밤이 먹구름처럼 내려앉고 있다
무엇을 꿈꾸어야 하는지 한 줌 변화도 없는
어둠을 따라가면 누구도 파괴할 수 없는 고성
그 안의 두려움은 어제와 그제의 것
번개 같은 도시 골목 지나
범접할 수 없는 거인 갑옷 입고
하나뿐인 도시 숨구멍 지키고 있다
낮이 오지 않는 밤 공간 지나
과거 깨뜨리는 소리 곁에 서 있는 사람들
그 앞에 새롭게 시작되는 하루하루
과거의 두려움보다 오늘이 존재한다.

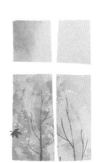

내
마
음
흰
눈
닮
게

바람

바람이 분다
새들이 지나간 자리 메꾸기 위해
제비꽃 향기 지나간 자리 메꾸기 위해
바람은 언제나 부자연스러운 곳에서
자연스러운 곳으로 분다.
바람이 불어온다
난 바람을 외면한 적이 있다
작은 변화가 싫어 죽음 같은 고요를 원했다
결국엔 외로움만 남았다
흔들리는 하늘에서 시작해
잠자리 비상시키고
낙엽에 날개 달아주던 바람
창문 두드리며 문틈 사이로
울고 불며 외로움에서 날 깨워줬지
지금은 청보리밭보다 조용하지만
기차보다 활기찬 바람이
반가운 소식으로 들려올 것이다.

우리들의 집

썩은 벽돌담 사이 낮은 대문 안에 작은집 하나
돈 많은 자는 수백 평의 집에서 떵떵거리지만
가난한 자는 월세방에서도 떵떵거린다.

누가 옳은지 그른지 판단할 수 없지만
빈 바람 돌아가는 곳
그곳에 보통 사람 집이 있다.

사람들은 제 자리를 벗어나고 싶어 하지만
대다수 그곳을 떠날 수 없다
몇 해가 지나면 더 떠날 수 없는 사람들

곰팡이 핀 안방이 좋아서 그럴까.
우중충한 고양이 울음이 좋아서 그럴까.
번개는 형광등에서 치고 천둥은 내 코에서 치는데
썩은 담장에 칠한 페인트 색깔 곱기도 하구나.

백두산

머리에는 흰 털모자 쓰고
치마에는 개나리, 진달래 수놓고
가슴에는 온갖 새들 날고
노루, 토끼, 사슴 뛰노니
무릉도원 비하겠는가?

여기에 오두막집 짓고
이 세상 다할 때까지 살고 싶지만
백두산 절반이 남의 땅이라니
잃어버린 반쪽 바라보며
살아갈 자신 없어
초목 베어다 천지에 놓고
빈 몸만 돌아옵니다.

달빛

반딧불 은하수를 날고
백일홍 붉은 입술
달빛에 입 맞추는 밤
호수에 드리운 낚시
무심한 야심 낚는구나!

고요한 달밤에
어디서 날아온 부엉이
호수 움키는 발톱에
달은 산산이 부서져
호수 위를 떠돌고

호숫가 여린 갈대
버거운 슬픔에 고개 떨구니
조각난 달빛에 서리워
이 한밤
홀로 외로운 이백 쫓누나

내 마음 흰눈 닮게

내 마음 눈을 닮아
하이얗게 해 주소서
눈은 쉽게 더러워지나

세상에 더러움
닦아 주느라
그러한 것이오니

저도 세상의 더러움
닦아 줄까 하오니
흰눈 닮게 하옵소서

내 더러움으로 세상을
깨끗하게 할 것이오니
저를 더럽혀 주옵소서

그 더러움이 제가
살아가는
이유되게 해 주소서

또 흰눈이 내려
세상이 깨끗해지면
내 마음도 깨끗해져

눈과 함께 나 세상을
더욱 깨끗하게 하리니
내 더러움을 반겨 맞으리다

흰눈은 세상을 깨끗이 닦고
난 거짓된 사람들 마음을
깨끗이 닦아드리 올 것이니

더러워진 눈과
더러워진 내 마음도
더러워질수록 더 행복에 이르오니

이 은혜로운 마음
제게 주신 주님께
감사드리옵니다.

거미 1

제왕이 되고 싶어 거미가 되니
수많은 생명이 발아래 무릎 꿇었다
제왕이 되기 위해 영혼을 팔아
영혼이 없는 나지만
고통스런 삶이 너무도 힘겹다
이제 영혼을 갖고 싶다
영혼이 날 떠나지 못하게
촘촘히 거미줄을 친다
하지만 영혼은 이미 내게 없다
빈틈없는 거미줄이 돌아오는 영혼을
막을지도 모르지만
오늘도 난 촘촘히 거미줄을 친다

내 영혼이 빠져나갈 수 없도록……

거미 2

늦은 저녁 거미가 집을 짓는다
생존을 위한 것이 아니라
빈집을 지켜주려는 듯이
가로등 빛 하나 거미줄에 걸렸다.
거미는 빛을 칭칭 감아 캄캄하도록 빨아들이고는
그 빛으로 집을 짓는다
발광하는 거미줄에 여러 생각들 걸린다
그 생각에 배부른 거미는
허름한 구석에 다시 집을 짓는다
생각이 스민 거미집은 다른 생각들 유혹하고
아침으로 달아난 생각들은
찬란한 태양에 몸 맡기고 다른 생각 멈춘다
하나의 생각이 또 다른 생각 기억 못 하듯이
거미는 밤 생각을 낮에는 기억하지 못한다.

파도여

푸른 바다 거친 갈매기 술결처럼
갯바위에 부딪치는 파도
구름 삼킬 듯 태양 삼킬 듯
갯바위에 머물다 가면

남아 있는 초록빛 자국
언제나 같은 자리에 앉아
아쉬움 보이지 않더니
오늘은 한숨뿐이구나

파도의 원대한 꿈
이루지 못한 것 아쉬웠는지
약속 없이 부딪치며
한숨 쉬며 슬퍼하는구나!

새벽이 오면

새벽이 오면 빛나는 곳으로
나 고개를 돌릴 테니
반갑게 나를 받아 주소서

아주 작은 것들도 보이게끔
새벽이 밝아 오면
숨소리도 들리지 않게 그곳을 보리니

후회하는 모든 것들을 버리고
새벽을 맞이하게 하옵소서
후회 속에는 미련도 있겠지만

새벽은 새로운 것들로 가득할 것이니
지나간 후회의 과거사는
모두 버리고

다만 거울삼아 미래를 볼 것이니
현재를 내 눈동자에 담으리다
과거는 과거에 남겨 두고

아침을 맞으리다
모두의 희망찬 오늘과 내일
그 속에 담긴 여명의 눈도

밝아 오는 새벽에는
후회하지 않는 과거사도
남겨 두리라

하나에서 열까지 기억하다
아홉 가지를 버리리라
한 가지를 위하여

그 한 가지가 진정 나의 것이니
그 반석 위에 나 세우리라
현재와 미래를

그리고 다짐하리라
후회 없는 미래를 위하여
오늘을 산다고

가을이 떠나며

가을이 가기 전에 겨울이 오고 있다
물이든 갈참나무 잎으로 개암나무 잎 사이로
가을이 머물고 있는데 함박눈이 온다.
걱정이다 가을이 좋은데 그래도 또 겨울이 좋다
눈이 녹으면 다시 가을일까?
내가 흔들리는 것처럼 가을도 흔들린다.
꽃들이 시든다 아직껏
꽃잎이 달린 나무는 머지않아 꽃잎이 지겠지
빈가지 빈꽃이 되기 전에 가을은 떠나려 한다
작은 가지 작은 꽃 몇 개쯤은 가지고 떠나야 하니까!
저기 작은 가지에서 꽃잎이 떨어져 날리운다.

가을 2

한적한 마당에 낙엽하나 떨어지면
세상은 도미노처럼 깊은 가을로 물들어 간다
가을이 있어 세상은 아름다움으로 물들어 가고
또 세상은 외로움에 기대기도 한다

내가 여러 가지 가을의 색깔 중에 하나를
너에게 줄 수 있다면 쓸쓸함을 주리니
그 쓸쓸함으로 가을을 더욱 물들이소서
그러면 더 많은 꽃을 피우리니

바람이 가을에 안기듯 가을이 내 품에 안기면
나 이제 불러 보리라 슬픔 지난날의 시간을
바람이 가슴으로 낙엽을 밟으면
난 또 기억하리라 낙엽은 아름다웠다고

돌담

돌담 사이로 제비꽃 피었다
돌무더기 사이로 기왓장 몇 개 올려져 있다
몇백 년 아니 몇천 년이 흘렀을까?
그 이끼 낀 돌담 사이로 개별꽃 한 송이 피었다
누구의 솜씨였을까 절반이 허물어진 돌담
세월의 흔적으로 이제는 아무도 눈여겨보지 않지만
기와집을 든든히 감싸고 있는 돌담
지금은 잡초들과 풀꽃들이 그 돌담을 감싸 안고 있지만
그땐 몰랐네 돌담은 그렇게 다시 천년을 갈 것이라는 것을……

바람의 호수

손바닥으로 덮으면 덮일 듯이
발을 담그면 넘칠 듯이 작은 호수
한 모금 마시면 사이다 맛이 날 것 같은
너무나 깨끗해 물고기도 살지 않은 작은 호수
속세에 찌든 내 마음 이곳에 가만히 씻으면
물고기들이 찾아오려나
속세에 찌든 내 마음 가만히 씻어 보련다
저기 호숫가에 꽃 한 송이
나그네 지나간다고 나를 보며 고개 숙여
외로운 날 반겨주네요
바람에 둘러싸인 작은 호수
바람이 사르르 불면
작은 호수가 넘쳐흐를까?
위태로운 바람이 살랑살랑 불어오니
내 가슴 벌써부터 구멍 나겠네

햇살

흰 구름이 불렀나 바람을
바람 위로 햇살이 쏟아지고
쏟아지는 햇살은 하늘을 메우고
바다를 비춰 서로를 어우르게 한다.
하늘은 봄의 고향 바다는 청춘의 고향
하늘과 바다가 만나면 청춘의 봄은 시작되고
그 끝에서 기다리는 건
사람들의 고향 쪼개진 시간들이다.

자유

찬바람이 잔가지를 스치고 새들이 날면
마른 나뭇가지에 낙엽하나 흩날린다.
아직도 새 잎 같아 오늘 하루도 넘기지만
어차피 떨어질 잎이라면 더 이상 미련을 두지 마라
가을이 깊어지고 바람이 불 때 기다리지 말고
찬바람이 불기 전에 가을이 깊어지기 전에
미련 없이 가지를 떠나라
그리고 자유롭게 살았다고 세상에 말을 하라.

두려움의 존재

침묵하지 않는 자들은 두려움을 모른다 검은 한 숨에 쌓인 죽음은 얼마나 서늘한가? 서늘한 죽음에 숨겨진 진실은 무엇일까? 잿빛 모래에 새겨진 바람의 자국처럼 필연히 찾아오는 흔적의 두려움들은 침묵하는 사람들의 두려움들이다 소나기에 부딪혀야 하는 꽃잎의 두려움처럼 우리들이 기억해야 하는 것들은 애초부터 두려운 것들이었다 말하지 마라 오늘 밤에도 어둠 속에 많은 것이 편안히 안기지만 우리들 마음만은 안길 수 없다 빛에 긁히는 희망같이 두려움 속의 미소같이 그 의미를 애써 잊으려 해도 이 두려움만은 쉽게 잊히지 않는다

가을 3

귀뚜라미 울음 따라 가을이 왔다
화려하지 않아 조금 쓸쓸하게
모나지 않아 조금 부드럽게

사람들 소곤대는 것은
여름이 흘러간 아쉬움이 아닌
가을이 왔다는 설렘 때문이다

밤이 익어 터지는 소리
풀벌레 울음소리
가을밤을 흔들어 놓으니

고추잠자리 쉴 곳 없어 더 높이 날고
화려하지 않은 구절초 꽃향기에 취해
가을을 만끽하는가.

욕심

밤 주우러 먼동이 트기 전에
산으로 간다
다람쥐 두 마리
열심히 밤을 줍다가

내가 가자 멈칫한다
난 토실토실한 밤을 줍는다
그때야 다람쥐도 경계를 풀고
열심히 밤을 주워 입에 담는다

난 모든 밤을 줍겠다고
눈을 밝히는데 다람쥐는 다 됐다고
이만큼이면 충분하다고
다정히 서로의 얼굴을 보며 사라진다

큰별

은하수의 작은 별 하나를
가슴에 담았다

그래서 가슴은 항상
따뜻했으며

꿈속에서도
길을 잃지 않았다

그 별은 나에게
의미 있는 별이 되었다

옳은 길만을 인도했고
내 생각에 따르기도 했다

그런데 내게도 사랑이 찾아왔고
더 이상 별을 담아 놓을 공간이 부족했다

별은 기쁜 맘으로 내게서 떠나며
나의 사랑을 축복해 주었다

지금은 은하계에서
가장 큰 별이 되었다

동창

몰라도 친구 되고
알면 반가운
사랑하지 않아도
연인 되고

미워도 친구 되는
너와 나는 동창
아무 때나 전화해도
카톡 해도 부담 없는

봄꽃이 수십 번 피고 져도
낙엽이 수십 번 지고 또 져도
가만히 얼굴을 보면
어릴 적 기억들이 떠오르는

호숫기 별과 달이 변해도
오!
우리 맘은 변치 않을
너와 나는 우리는 동창

별

잠든 밤에 찾아와
날 깨워 놓고
책임지라 하네

꿈

나는 걸어 다니고
새는 날아다녔다
새가 하도 예뻐 잡아다
새장 속에 넣어 두었다
새가 너무 구슬피 울어
새장 속에서 꺼내 주었다
새는 걸어 다니고
나는 날아다녔다

널 떠나며

말 한 마디 못하고
눈물만 흘리며
날 떠나보내는 당신을
지금도 사랑합니다

차마 날 보지 못하고
고개 돌려 울고 있는 널
두고서 떠나는 날
용서하지 마세요

언젠간 후회할 나를
잊지 말고 기억해
그때에 울고 있는 날
그대 날 버리고 떠나소서

내 마음 흰눈 닮게

낙엽의 짐

© 신성희, 2021

초판 1쇄 발행 2021년 11월 8일

지은이 　신성희
펴낸이 　이기봉
편집 　　좋은땅 편집팀
펴낸곳 　도서출판 좋은땅
주소 　　서울특별시 마포구 양화로12길 26 지월드빌딩 (서교동 395-7)
전화 　　02)374-8616~7
팩스 　　02)374-8614
이메일 　gworldbook@naver.com
홈페이지 www.g-world.co.kr

ISBN 　979-11-388-0341-0 (03810)